CW01636699

Larsen Hupin et le joueur d'échecs

Jérémy Lasseaux

Mentions légales © 2021 Jérémy Lasseaux

Tous droits réservés

Les personnages et les événements décrits dans ce livre sont fictifs. Toute similarité avec des personnes réelles vivantes est une coïncidence et n'est pas délibérée par l'auteur.

Aucune partie de ce livre ne peut être reproduite, stockée dans un système de récupération, ou transmise sous quelque forme que ce soit ou par quelque moyen que ce soit, électronique, technique, photocopieuse, enregistrement ou autre, sans autorisation écrite expresse de l'auteur.

ISBN 9798718471274

Conceptrice de la couverture et de l'illustration intérieure : Cyellen
Titre de la couverture : "Echecs ou réussite ?"

BUT DU JEU

Nous sommes en France, en 1883, et les journaux battent des records de vente chaque fois qu'ils rapportent un nouveau cambriolage de celui qui laisse toujours derrière lui, à la place des bijoux dérobés, sa carte de visite signée « Larsen Hupin ».

Vous incarnez Loris Meublanc, un journaliste qui s'est lié d'amitié avec le plus audacieux des voleurs.

Il y a quelques mois, Larsen a fondé une agence de détective qui lui sert de couverture : l'*Agence Banette et cie*. Qui pourrait se douter que l'intègre Jim Banette, qui a déjà permis l'arrestation de plusieurs dangereux criminels, est en même temps le célèbre Larsen Hupin ? En tout cas, pas l'inspecteur Bichon, qui ne cesse d'avoir recours à ses services dès qu'il se sent dépassé, ce qui arrive souvent.

Vous commencerez la lecture de ce livre à la section 1, qui présente l'énigme ; mais ensuite, c'est vous qui choisirez votre parcours. En effet, à côté de chaque lieu visitable ou de chaque personnage à qui l'on peut parler figure un numéro de section. Munissez-vous de quoi les noter afin d'explorer de nouvelles pistes lorsque vous avez épuisé l'une d'elles.

Lorsque vous aurez l'impression d'avoir compris qui est la personne coupable, quel est son mobile et comment elle a agi, vous pourrez vous reporter à la section 25. Là, une série de questions vous sera posée. Lisez ensuite la section 26 où Larsen Hupin donnera sa solution. Enfin, vous vérifierez les réponses à la section 27 pour savoir si vous avez les qualités requises pour faire un bon détective !

1

Paris, le 5 mai 1883.

Lorsque je rejoins Larsen à sa table au fond du cabaret désert, je comprends d'après son haut de forme relativement bas, son monocle et sa cravate, qu'il jouera, aujourd'hui encore, le rôle de Jim Banette, détective privé.

« Bonjour cher ami, lui dis-je. Je pensais que vous m'aviez fait venir pour me raconter le vol du rubis de la comtesse Callie Ostro, qui reste pour tous un mystère absolu. Mais je devine maintenant qu'il s'agit d'autre chose....

— Vous devinez juste. Figurez-vous que ce matin... »

Il engloutit la dernière moitié de son croissant.

« Figurez-vous qu'une charmante jeune femme est venue m'engager pour résoudre une affaire de meurtre.

— Je ne sais ce qui aiguise le plus votre curiosité, la jeune femme ou le crime.

— Ah, ah ! Les deux, évidemment. Ce matin, vers 8h, Charlotte Coussin (16) se rend chez son oncle, Frédéric Massart, pour y faire le ménage en son absence. Elle introduit sa clé dans la serrure de la porte d'entrée et se rend compte que la porte n'est pas fermée à clé ! Dans le salon, que découvre-t-elle ? Je vous le donne en mille : son frère, Etienne Coussin, gisant sur le sol. Elle appelle la police ; c'est l'inspecteur Bichon qui se charge de l'affaire. Il examine les lieux et au bout de quelques minutes, il déclare franchement qu'il se demande quel a été le mobile de ce crime. Et il suggère...

— Et il suggère qu'on fasse appel à vous. Une fois de plus !

— Ah, ah ! Et oui... Si je cessais, demain, ma carrière de voleur, je ne risquerais pas d'être au chômage, grâce à ce cher inspecteur !

— Est-ce qu'on sait ce que le frère faisait chez l'oncle ?

— On l'ignore, déclare Larsen avec un grand sourire, comme s'il se réjouissait du moindre mystère. Peut-être que son épouse, Mérédith (8), pourra nous renseigner. Mais rendons-nous d'abord sur le lieu du crime ! »

Le lieu en question n'est pas loin et nous nous y rendons à pied. Le jardin qui se trouve autour de la maison de Frédéric Massart nous apprend que son propriétaire est absent depuis un moment : la végétation y est envahissante.

Larsen constate que la porte d'entrée n'a pas été fracturée. Un agent nous accueille et nous mène au salon, où l'inspecteur Bichon nous attend en scrutant les tableaux au mur. L'un d'eux représente trois éléphants se désaltérant dans une rivière en plein soleil ; un autre les cavaliers de l'apocalypse (la Conquête, la Guerre, la Famine et la Mort) ; un autre encore un château fort dont les deux tours sont assiégées ; le dernier montre des gladiateurs se battant sur le sable d'un amphithéâtre romain.

« Ah ! Vous voilà, Jim. Oh ! Vous avez amené un

journaliste avec vous, je n'aime pas trop ça...

— Soyez sans crainte, inspecteur, le rassure Larsen. Monsieur Meublanc saura tenir sa langue et m'a promis de ne publier les détails de l'affaire que lorsqu'elle sera entièrement résolue.

— Bien... Si vous vous portez garant... »

Le corps de la victime a déjà été emporté et nous pourrons voir plus tard le médecin légiste (3).

« Je ne sais pas ce qui s'est passé ici, dit Bichon, mais je suis sûr que ça a un rapport avec ça, regardez. »

Il fait pivoter le tableau apocalyptique, ce qui découvre un coffre-fort fermé.

« C'était comme ça quand nous avons découvert le mort. »

Larsen constate que le coffre est un modèle de qualité, difficile à percer, et qu'on l'ouvre par une combinaison de quatre chiffres. L'inspecteur reprend :

« Evidemment, j'ai tenté de contacter Frédéric Massart mais il est injoignable. C'est un archéologue qui fait des allers-retours entre la France et divers pays. Il travaille pour le *Musée des Arts anciens* (19) et mène des fouilles en Inde en ce moment. Il peut revenir demain comme dans trois mois. »

Larsen jette rapidement un coup d'oeil aux tableaux, passe un doigt sur le cadre de celui des pachydermes, et s'attarde ensuite à une table où trône un très bel échiquier. L'objet est poussiéreux. Le roi noir est en échec et mat, à côté d'un pion et de sa dame. Les blancs possèdent encore un cavalier, un fou, un roi et une tour, c'est elle qui met en échec le roi adverse.

« Massart est si passionné par les échecs qu'il joue les deux camps, affirme Larsen. Regardez : il n'y a qu'un seul siège devant cet échiquier. »

Bichon nous mène ensuite à la cuisine.

« Il y a encore une chose qu'il faut que vous voyez, Jim. Visiblement, c'est par ici que le criminel est passé. »

Et il pointe du doigt une fenêtre dont un carreau, près de la poignée, est cassé. Les débris sont encore sur le sol.

« Eh bien, mon cher inspecteur, vous pouvez d'ores et déjà considérer cette affaire comme résolue. Du moins dans quelques heures. »

Bichon ne s'étonne pas de cette manière arrogante qu'a le détective de prendre congé. L'expérience lui a déjà prouvé que si Jim paraît souvent bluffer, son bluff finit toujours par ne plus en être un. Nous sortons de la grande demeure et nous constatons qu'une voisine nous observe depuis sa fenêtre (21). Larsen me propose que nous nous séparions et me lance un défi amical : nous verrons, qui du journaliste et du détective imposteur trouvera le premier le fin mot de cette histoire...

« N'hésitez pas à passer me voir à l'agence (13) si vous vous sentez perdu, mon cher Loris. »

2

J'entre dans la bijouterie *Toffard*. La patronne est en train de gronder sa petite fille :

« Allons Arlette, ne cours pas comme ça dans la boutique, surtout quand il y a des clients ! »

Je décide de mentir :

« Bonjour madame, je viens de la part de Monsieur Etienne Coussin.

— C'est qui ? dit la petite Arlette.

— Ne faites pas attention à elle, Monsieur, intervient sa maman. Que puis-je faire pour vous ? Est-ce que c'est pour une montre ? Je vois que vous n'en portez pas.

— Eh bien, Monsieur Coussin a dû vous expliquer... Non ? »

Arlette se met à rire à gorge déployée :

« L'a un drôle de nom le monsieur !

— Excusez-moi, j'ai dû faire erreur. »

Je pars, un peu embarrassé, de cette bijouterie où, visiblement, c'est la première fois qu'on entend parler d'Etienne Coussin.

3

Le médecin légiste est déjà au courant que l'inspecteur Bichon a fait appel à une aide extérieure et il me montre donc volontiers les résultats de son autopsie.

« Ce pauvre homme a plusieurs côtes cassées, il a été tabassé. Est-ce que vous voulez voir le corps ?

— Non merci, ça ira.

— Visiblement, c'est un coup de poing en trop qui lui a été fatal.

— Triste fin...

— J'estime qu'il a succombé le 4 mai vers 21 h. Vous ne voulez pas voir ses effets personnels non plus, je suppose.

— Euh, si, ça je veux bien. »

Le médecin ricane puis m'apporte la casquette et le contenu des poches d'Etienne Coussin : deux trousseaux de clés différents et une bourse en cuir vide. Il y a aussi un petit échiquier pliable qu'il mettait dans la poche la plus large de son manteau. Au fond du tiroir où se rangent les pièces du jeu, je trouve une carte de membre du *Club d'échecs* (15) de la ville.

« Au fait, vous pouvez passer voir mon collègue, Alphonse Bertillon (6). Il a fondé une section scientifique qui n'en est qu'à ses débuts mais qui obtient déjà de beaux résultats.

— Je n'y manquerai pas. Merci pour tout.

— Vous êtes vraiment sûr de ne pas vouloir voir le corps ? ... »

4

Je me rends à l'*Agence de comptabilité* où travaillait Etienne Coussin.

Comme j'explique à l'accueil que je ne suis pas un client, on me fait longuement patienter. Tous les hommes que je vois passer d'un bureau à l'autre sont habillés en gris et tiennent à la main soit un stylo soit une pile de papiers.

Finalement, quelqu'un consent à répondre à mes questions :

« Cela fait deux semaines exactement que Monsieur Coussin ne travaille plus chez nous, m'assure un employé en costume gris à carreaux.

— Est-ce qu'il a donné sa démission ?

— Non. Il a été licencié. Il a fait une petite erreur dans la vérification d'un calcul, ce qui a fait perdre beaucoup d'argent à l'un de nos meilleurs clients. C'est le genre de choses qui ne pardonne pas dans notre profession… »

5

Je rentre à *La Chope Joyeuse* et, l'air détaché autant que possible, je cherche Jules Tarin. Au bout d'un moment, je repère un homme de taille moyenne, mal rasé, avec un grain de beauté sur la joue droite. Je remarque un bandage à l'une de ses mains. Il est seul à sa table ; il contemple son verre à moitié vide et caresse l'hématome qu'il a au menton.

Que faire ? L'accuser pour voir comment il réagit ? Attendre qu'il sorte et le suivre en espérant en apprendre davantage sur lui ? Une idée me vient : et si je lui disais, sans me présenter, que je sais pourquoi il s'intéresse aux animaux dans l'arène.

Je n'ai pas l'occasion de concrétiser mon idée dont je ne sais si elle présente un intérêt, car j'aperçois soudain un homme à la carure impressionnante s'asseoir en face de Tarin. Ce dernier recule instinctivement sa chaise, il me semble qu'il est effrayé.

Je m'approche de la cible fixée au mur et je lance quelques fléchettes, afin de me retrouver plus près des deux lascars et d'entendre leur conversation.

« J' vous jure, M'sieur Chaussoy, j' suis sur un autre coup, cette fois-ci ce sera du sûr.

— Du sûr comme la dernière fois ? Non, merci. J'en ai assez de tes coups foireux.

— J'vous jure, ça demandera un peu de matos mais ça ne vous prendra pas longtemps et ça remboursera tout ce que je vous dois en une seule fois !

— J'espère bien, Jules. Sinon, tu sais ce qui t'attend... »

Le dénommé Chaussoy tape de son poing droit dans sa main gauche et Jules a aussitôt le réflexe de toucher à nouveau son menton amoché.

Chaussoy me regarde soudain d'un air soupçonneux, me trouvant sans doute trop près d'eux. Je retourne au comptoir pour rendre les fléchettes et demande discrètement au serveur, en lui glissant un billet :

« Le gars imposant derrière moi, vous le connaissez ?

— Patrick Chaussoy, usurier, il habite la maison verte dans la rue du Maréchal Lauriston (14). Si j'ai un conseil à vous donner, ayez jamais recours à ses services. Parce que si vous le remboursez pas... »

Sa phrase reste en suspens mais j'en devine la fin.

« Et l'autre ?

— Jules Tarin. Il vient souvent, il baratine des clients pour les arnaquer. Mais il est pas très doué. Les anecdotes que j'ai entendues sur lui sont pas à sa gloire : c'est le genre de type qui s'enfuit dès que la moindre bricole se passe pas bien. Il habite dans la rue du Général Pajol (7), mais je sais pas exactement dans quelle maison. »

6

Alphonse Bertillon est un homme enthousiaste et lorsque je lui dis que je suis journaliste, il se lance dans une explication enflammée de tout ce qui va révolutionner la Police pour la rendre plus efficace que jamais. Il me fait une démonstration de sa pince céphalique et de son pied à coulisse, et il me prend en photo de face et de profil. J'en oublie presque pourquoi je suis là, tant son système d'identification des criminels récidivistes m'intéresse.

« Et ce tampon encreur, ça sert à quoi ?

— Une idée prometteuse qui n'en est qu'à ses balbutiements. Mais je ne peux vous la montrer car je ne veux pas qu'on en parle dans les journaux.

— Sur mon honneur, monsieur, je vous fais la promesse solennelle de garder cela pour moi. »

Son envie d'entrer dans le détail le pousse à me faire confiance.

« Mettez votre doigt dessus, voilà. Et maintenant sur le papier, voilà. Ceci est votre empreinte digitale. Elle est unique, elle n'appartient qu'à vous seul. Vous imaginez ce que l'on va pouvoir faire avec un tel système, surtout si l'on parvient à relever des empreintes sur les lieux d'un crime ! Mais je sais bien que lorsque le milieu des malfaiteurs connaîtra notre astuce, on en verra de plus en plus porter des gants, et c'est pourquoi je ne souhaite pas faire de publicité à cette technique. Elle sera connue tôt ou tard, autant que ce soit tard ! »

Je m'émerveille avec lui du matériel étalé sur son

bureau puis je finis par lui demander s'il a analysé le lieu où Etienne Coussin s'est fait assassiner.

« Eh eh ! Voilà un exemple concret qui montre le pouvoir de la Science ! Nous avons examiné minutieusement le coffre, des traces indiquent clairement qu'on a tenté de le percer, heureusement sans succès. Le dernier chiffre à avoir été composé sur le cadran de combinaison est le 1. Dans la cuisine, nous avons trouvé du sang sur les débris de verre du carreau cassé. Et, tenez-vous bien, nous avons relevé des traces de ce même sang sur le cadran du coffre-fort ! » me lance-t-il, les yeux brillants.

Je lui fais remarquer en plaisantant que cela ne nous donne tout de même pas l'identité du coupable. Ma taquinerie l'a vexé et il me tourne le dos pour mettre fin à la conversation.

7

La rue du Général Pajol est très longue. La plupart des maisons sont modestes et nombre d'entre elles mériteraient un ravalement de façade. Certaines ont été lézardées par le lierre ou par l'usure du temps ; sur d'autres, c'est la peinture qui s'écaille. L'endroit peut être qualifié de pittoresque à condition de vouloir peindre des murs grignotés par la mousse et les champignons.

J'ai beau tenter de deviner dans quelle maison habite Jules Tarin, je ne vois pas quel détail pourrait me mettre sur la voie. J'ai bien sûr consulté un annuaire, mais je n'y ai pas trouvé son nom, ce qui n'est pas étonnant : tout le monde n'a pas le téléphone.

8

Mérédith Coussin, l'épouse de la victime, ne fait pas semblant de pleurer et me répond en toute franchise. Son couple était au bord de la rupture. Depuis des mois, elle soupçonnait son mari de la tromper. Régulièrement, le soir, Etienne prétendait faire des heures supplémentaires à l'*Agence de comptabilité* (4) où il travaillait, mais elle n'en croyait pas un mot.

« Quand il n'est pas rentré hier soir, je me suis dit qu'il s'était décidé à me quitter et à rester avec sa maîtresse... Alors vous voyez, je ne me réjouis pas de la mort de mon pauvre mari, mais je ne suis pas triste non plus. »

J'ai du respect pour son honnêteté et je lui demande si elle pense pouvoir me fournir davantage d'éléments pour faire avancer l'enquête.

« Depuis deux semaines, Etienne s'était mis à boire. Il n'y a pas d'alcool à la maison, je ne peux pas vous dire où il s'enivrait comme ça... Est-ce que vous voulez voir son bureau ?

— Bonne idée, j'y trouverai peut-être un indice. »

J'inspecte rapidement le lieu et je remarque un carnet près du téléphone. La page du dessus a été arrachée. Je choisis dans le secrétaire le crayon dont la mine est la plus grasse et je la frotte sur la première feuille du carnet. Très vite, je vois apparaître ce qu'Etienne Coussin avait noté : « L'éléphant et le cheval font un tour dans l'arène ». Je demande à la veuve de remettre cet indice à Jim Banette quand il passera.

9

Le Grand Coin est effectivement grand. Mais il est également peu fréquenté. Trois hommes boivent leur bière à la même table, et me dévisagent à mon arrivée. J'ai tôt fait de me rendre compte qu'aucun d'eux n'est Jules Tarin.

Je prends une limonade au comptoir. Je ne suscite apparemment pas la méfiance des buveurs puisqu'ils reprennent leur conversation :

« Devine qui j'ai vu il y a deux jours à cette même table.

— J'aime pas les devinettes. Dis ce que t'as à dire.

— Le Sourd !

— Je le croyais au trou.

— Moi aussi. Mais non, il est de nouveau dans le circuit.

— J'aurais peut-être un travail à lui confier tantôt...

— Bah, si y a pas un diamant à la clé, ça ne l'intéressera pas.

— Parle pas si fort, crétin. »

Ils se taisent. Je finis mon verre et m'en vais.

10

J'entre dans la bijouterie *Fasson*, une petite clochette retentit. Une voix enrouée provient de l'arrière-boutique :

« Flavie, un client ! »

Une femme s'avance vers moi :

« Bonjour Monsieur, comment puis-je vous être utile ? »

Je décide de mentir :

« C'est Monsieur Etienne Coussin qui m'envoie. »

Le bijoutier apparaît alors, une loupe à la main :

« Laisse, Flavie, je m'occupe de Monsieur. »

Il scrute mon visage comme s'il cherchait à découvrir si je suis de la police. Finalement, il se décide :

« Vous avez quelque chose pour moi ? »

— Pas ici.

— Dans ce cas, je n'ai rien pour vous non plus. Au revoir. »

Il ajoute, au moment où je vais passer la porte :

« Oh ! Et la prochaine fois, comme je l'ai déjà dit à M. Coussin, passez par la porte de derrière ! C'est plus discret. »

11

Les deux agents qui sont intervenus le 3 mai me confirment l'heure à laquelle ils étaient devant la maison de Massart : presque 23h45.

« Avec une voisine comme il a, plaisante l'un, pas besoin de système d'alarme !

— De toute façon, affirme l'autre, le coffre de Massart, à moins d'avoir la combinaison, personne ne peut l'ouvrir. J'en sais quelque chose, c'est mon beau-frère qui l'a installé il y a une semaine. Il affirme que c'est le tout dernier modèle de son entreprise et que les voleurs vont se casser les dents dessus. Même Jacques le Sourd ! Et même Larsen Hupin ! »

Je demande qui est Jacques le Sourd.

« C'est un cambrioleur de haut niveau qui vient de sortir de prison il y a trois jours. C'était le meilleur ouvreur de coffres en son temps. Il a une fille mais elle n'est pas venue le voir une seule fois en huit ans. Pour l'instant, il est sous surveillance de l'agent Martin (23) qui s'assure qu'il ne reprenne pas ses activités.

12

Je feuillette l'une des revues spécialisées. Il y est question de parties célèbres qui ont eu lieu entre de grands champions d'échecs. Chaque coup y est analysé dans le détail et les remarques sur les diverses stratégies sont, je dois le reconnaître, bien trop compliquées pour moi. Il y a un article sur le sacrifice de la dame qui permet de gagner une partie, je le lis en diagonale...

L'avant dernière page contient des remarques historiques sur les échecs, et j'apprends qu'autrefois, le fou n'était pas un fou : en Inde, il s'agissait d'un éléphant.

La dernière page recense quelques anecdotes et raconte des disputes entre joueurs célèbres, leurs réparties piquantes ou leur attitude puérile. Je remets la revue à sa place et je reprends mon enquête.

13

Lorsque j'entre dans l'agence, Larsen est en train de ranger un habit dans un placard secret.

« Alors, mon cher, est-ce que les noeuds commencent à se démêler ?

— Eh bien...

— Pour être juste, car je dispose d'un vaste réseau d'informateurs que vous ne connaissez pas, je vais vous en dire davantage sur le coffre-fort de Massart. C'est un modèle tout récent qu'il a fait installer chez lui la semaine passée. L'épaisseur du métal et l'alliage utilisé pour les parois intérieures le rendent très compliqué à percer. Il faudrait beaucoup de temps et un matériel spécial pour en venir à bout.

— C'est tout ?

— Non, ce n'est pas tout, sourit-il. Figurez-vous que l'inventeur de ce coffre est un ancien policier. Et pour faire, disons, une sorte de pied de nez à ses anciens adversaires, il a donné à ce coffre la même apparence que l'ancien modèle. Vous imaginez déjà la scène ? Le voleur croit qu'il a affaire à un modèle qu'il connait, il pense qu'il en a pour un quart d'heure à peine avec ses petits outils. Mais non, le quart d'heure passe et il est toujours là à suer à la tâche ! Rien ne va plus, le coffre ne cède pas !

— Je m'étonne que vous vous en réjouissiez, vous êtes dans le camp des voleurs !

— Loris, je ne suis dans aucun camp, et je me réjouis quand je vois de l'intelligence et de l'audace ! »

14

Tout ce que je peux voir de la demeure de Patrick Chaussoy depuis la rue, les murs en granit, les décorations torsadées en fer forgé, les luxueux luminaires, tout cela a dû coûter bien cher.

Je me penche vers un soupirail qui donne sur la cave. Hélas, il y fait trop sombre pour que je puisse y percevoir quoi que ce soit.

Soudain, la porte d'entrée s'ouvre. Je me redresse rapidement et fais semblant d'être un passant qui se promène. L'homme qui vient de sortir de la maison verte semble âgé d'une cinquantaine d'années. Il vérifie qu'il a tous ses outils dans sa boîte et je devine à son équipement qu'il s'agit d'un fontainier, sans doute venu effectuer quelque réparation.

Il m'adresse un sourire, referme soigneusement la porte et s'en va. Je ne le connais pas mais il y a malgré tout dans sa démarche quelque chose qui m'est familier.

15

Le responsable du *Club d'échecs*, un septuagénaire, m'accueille chaleureusement. Un peu déçu que je ne vienne pas pour m'inscrire, il répond néanmoins volontiers à mes questions.

« Etienne Coussin ? Mort, vous dites ? Quelle triste nouvelle. Quelqu'un de très sympathique. Très fair-play. Il venait jouer deux à trois fois par semaine, à part ces quinze derniers jours.

— Son oncle, Frédéric Massart, est-il également membre de votre club ?

— Oui. Mais j'ignorais qu'ils avaient un rapport de parenté. A vrai dire, je crois ne les avoir jamais vu disputer une seule partie ensemble.

— Tiens donc.

— Remarquez, Etienne préfère... préférait jouer contre Mlle Jeanne Sauvin (18), qui est d'un niveau à peu près équivalent au sien. Quand il ne jouait pas avec elle, il la regardait jouer.

— Je vois.

— Quant à Monsieur Massart, il est la fierté de notre club, vous savez. Oh, bien sûr, il n'est pas souvent là à cause de son métier, mais c'est notre meilleur joueur. Tenez, vous voyez la feuille encadrée sur ce mur, eh bien c'est sa partie la plus célèbre !

— Célèbre ? Vraiment ?

— Oui. Un jour, le dix-neuvième champion mondial d'échecs faisait du tourisme dans les environs. Fatigué des musées, il est entré ici et a demandé à jouer contre notre meilleur joueur. Notre choix a été unanime.

— Qui avait les blancs ?

— Le champion.

— D'après ce que je vois, Massart a perdu, alors.

— C'est vrai, oui, mais il a bien résisté, parvenant même à capturer la reine de son adversaire. Cette partie est notre référence à tous ici, et nous en parlons régulièrement avec Frédéric pour imaginer quels coups lui auraient permis de prendre l'avantage.

— Maintenant, j'y songe, un de mes confrères avait

publié un article dans le journal à propos de cette partie.

— Un article qui nous a fait le plus grand bien ! Dès le lendemain de sa parution, nous avons gagné presque trente membres, dont certains qui n'avaient même jamais joué aux échecs de leur vie. C'est d'ailleurs pourquoi j'ai placé ce livre pour les débutants (20) à côté de la revue spécialisée (12). Vous pouvez les consulter si vous le désirez... »

16

Charlotte Coussin a du mal à se remettre du choc qu'elle a subi, et elle a grand peine à retenir ses larmes en évoquant son frère.

« Je ne comprends toujours pas ce qu'il faisait chez mon oncle. Etienne... n'éprouvait que du mépris pour lui. Il avait entendu des rumeurs sur sa façon d'exercer son métier et il le disait malhonnête. Je n'ai jamais su ce qu'il en était vraiment et j'ai parfois tenté de les réconcilier, toujours en vain parce qu'Etienne... ne voulait rien entendre.

— Et avec son épouse ? Est-ce que tout allait bien ?

— Je ne sais pas trop. Il ne parlait jamais d'elle.

— Peut-être parlait-il de quelqu'un d'autre ?...

— Une autre femme ? Peut-être. Je crois qu'il y a une Mlle Crignon (22) qu'il aimait bien, à son bureau. Naïs ou Anaïs, je ne sais plus. Mais je ne sais pas s'il y avait quelque chose entre eux. Je suis désolée... »

Comme j'ai un peu d'expérience dans le domaine des investigations, je lui pose la traditionnelle question que pose ordinairement la police :

« Est-ce que quelque chose avait changé dans son comportement récemment ?

— Oui... Il y a quelque chose. Il... depuis deux semaines... Il s'enivrait à la *Taverne du Moulin* (17). J'ignore pourquoi. Il n'avait jusque-là jamais montré un penchant particulier pour l'alcool. »

Les larmes inondent son visage et je juge qu'il est temps de la laisser. Je lui promets que Jim Banette mettra le meurtrier de son frère en prison.

17

La Taverne du Moulin est un lieu festif, les rires fusent d'une table en particulier, certains chantent après avoir vidé leur verre d'un trait. Je commande une limonade et demande à celui qui me la sert s'il a repéré un homme qui viendrait régulièrement depuis seulement deux semaines.

« Etienne Coussin », me répond-il.

Je manque de m'étouffer.

« Soyez pas surpris comme ça. C'est le patron qui m'a dit de vous révéler ce que je savais.

— Le patron ?

— Ben ouais, le patron », confirme-t-il avec un clin d'oeil.

Je comprends alors qu'il travaille pour Larsen, qui possède, dans tous les milieux (même la police !), des complices prêts à tout pour lui rendre service.

« C'était le genre à boire en silence, dans son coin, reprend-il. Et puis d'un coup, passée une certaine dose, il se mettait à apostropher quelqu'un et à raconter n'importe quoi.

— Comme quoi, par exemple ?

— Tenez, l'autre jour, il commence à dire qu'il connaît la combinaison du coffre-fort de Massart. Même si personne ici ne savait qui est ce Massart, vous imaginez bien qu'on a tous dressé l'oreille ! Et puis soudain, il nous dit que la combinaison, ce sont des animaux qui font un tour dans une arène ! Là, on a pigé que le type déraillait complètement et chacun est reparti à ses occupations. Enfin, pas tout le monde... Quelqu'un est resté avec lui et lui a demandé quels étaient les animaux en question.

— Vous connaissiez cette personne ?

— Pour sûr. C'est Jules Tarin, un sale type qui traîne dans les tavernes pour trouver des pigeons à pigeonner. Souvent, il tente de payer son verre, non avec de l'argent, mais avec des renseignements. Le problème, c'est que ses tuyaux ne valent pas grand chose.

— Le patron n'a jamais cherché à le recruter ? C'est un voleur, après tout.

— Oh que non ! Le patron ne veut pas de lui. Pourtant, Tarin s'adonne au vol à l'étalage, à la triche au jeu et aux arnaques en tous genres. Mais il fait tout mal, il n'a pas de rigueur. Le genre à gâcher un plan minutieusement millimétré pendant des mois. Un boulet, quoi. Heureusement pour lui qu'il a de bonnes jambes pour courir en cas de problème, sinon il serait déjà en taule.

— Vous pouvez me le montrer discrètement ?

— Il n'est pas là, aujourd'hui. Vous le trouverez peut-être à *La Chope Joyeuse* (5) au *Grand Coin* (9) ou au *D'Artagnan* (24).

— Comment le reconnaîtrai-je ?

— Taille moyenne, mal rasé. Et un grain de beauté sur la joue droite. »

18

Quand j'arrive chez Mlle Jeanne Sauvin, j'ai la surprise d'y rencontrer Larsen Hupin alias Jim Banette qui prend le thé avec elle, à côté d'un échiquier où les pièces sont en position initiale. L'état du maquillage autour des yeux de la jeune femme me révèle qu'elle a pleuré à l'annonce de la mort d'Etienne.

« Joignez-vous à nous, Loris, figurez-vous que cette charmante demoiselle, dans le souci d'aider la justice, a décidé de me dire tout ce qu'elle sait sur Etienne. Elle déclare franchement qu'elle était sa maîtresse. N'est-ce pas admirable ? »

À la façon qu'elle a de regarder Larsen, j'ai le sentiment que Mlle Sauvin se comporte ainsi davantage parce qu'elle est sous le charme de mon ami que par réel intérêt pour la justice, mais je m'abstiens de dire quoi que ce soit.

« Vous me parliez, ma chère, de cette sortie au centre-ville, le 4 mai vers 10h...

— Oui. Je me promenais et soudain, je vois Etienne sortir d'une bijouterie. Cela m'a surprise car, normalement, à cette heure-là, il est au travail. Il m'a vu et a paru embarrassé. Mais comme j'ai pensé qu'il voulait encore m'acheter un bijou en secret, je ne lui ai pas demandé d'explication. Son dernier cadeau remontait à un peu plus de deux semaines : c'est ce collier que je porte.

— Vous permettez ? demande Larsen en s'approchant pour contempler l'ouvrage. Magnifique pièce ! Ah ! Les beaux bijoux, j'en ai toujours eu la passion.

Enfant déjà, je passais des heures dans la chambre de ma mère à contempler ses broches et ses bagues, à trier ses bracelets selon leur valeur... Mais je m'égare. Est-ce que par hasard, ma chère, vous vous souviendriez du nom de la bijouterie ? »

Subjuguée, la jeune femme réfléchit.

« Eh bien, il y a deux boutiques côte à côte alors j'ai tendance à les confondre. C'est soit la bijouterie *Toffard* (2), soit la bijouterie *Fasson* (10).

— Vous n'imaginez pas à quel point ce renseignement nous sera précieux... Oh ! à propos de préciosité, pensez-vous possible que je voie votre collection de bijoux ?

— Avec plaisir, oui... »

Je comprends que c'est le moment de les laisser.

19

« Malheureusement, nous n'avons pas le moyen de contacter Frédéric Massart, m'affirme le Directeur du *Musée des Arts anciens*, à qui j'explique la situation. Il travaille en ce moment dans une région isolée de l'Inde pour des fouilles qui peuvent lui prendre plusieurs semaines, peut-être plusieurs mois.

— On ne peut donc pas lui annoncer que son neveu est décédé...

— J'en suis sincèrement navré, Monsieur.

— Par curiosité, qu'est-ce qu'il cherche, dans ses fouilles ?

— Il est spécialisé dans les sites funéraires, Monsieur. On y trouve parfois de véritables trésors ; on n'imagine pas tout ce que certains souverains ont voulu faire enterrer avec eux ! Tout ce qu'il découvre, M. Massart le rapporte au musée. »

Je remarque qu'un moment où le Directeur a prononcé sa dernière phrase, un employé derrière lui a eu un pincement de lèvres.

« Dans les vitrines à votre gauche, vous pouvez d'ailleurs admirer certaines des trouvailles de M. Massart. Je me permets de vous laisser, Monsieur, j'ai encore beaucoup de travail qui m'attend. »

Je le laisse s'éloigner puis je m'adresse à l'employé.

« Et vous, qu'est-ce que vous en pensez ? Qu'est-ce qu'il cherche, dans ses fouilles ?

— Si vous n'avez pas besoin de preuve, je dirai qu'il cherche des diamants. Pour lui, pas pour le musée. Je dirai même que s'il est reparti en Inde alors que le Directeur le voulait en Crète, c'est parce qu'il en a trouvé un la dernière fois qu'il y est allé.

— Et s'il me faut des preuves ?

— S'il vous faut des preuves, alors je n'ai rien à dire. »

20

Le livre d'échecs destiné aux débutants explique d'abord les mouvements des diverses pièces : la tour se déplace à l'horizontale ou à la verticale, le fou se déplace en diagonale, etc.

Viennent ensuite d'autres notions : la promotion du pion, le petit et le grand roque, la prise en passant.

Le livre aborde aussi la notation des parties. L'échiquier est numéroté de bas en haut avec les chiffres 1 à 8 et de gauche à droite avec les lettres a à h. Quand on déplace un fou sur la case d2, par exemple, on le note ainsi, après avoir indiqué de quel coup il s'agit : Fd2.

21

Depuis sa fenêtre, la voisine de Frédéric Massard me voit venir vers elle.

« Attention ! Vous allez piétiner mes fleurs !!! »

Je m'écarte du parterre fleuri et lui adresse un grand sourire.

« Je travaille avec la police. Le neveu de M. Massart vient d'être retrouvé mort chez son oncle.

— Je savais bien qu'il arriverait un malheur, vu ce qui s'est passé le 3 mai.

— Le 3 mai, vous dites ?

— Oui. Comme je ne parvenais pas à m'endormir, j'ai regardé par cette fenêtre aux alentours de 23h30. Je savais que M. Massart était absent : c'est un archéologue qui n'est pas souvent chez lui ; et pourtant, il y avait de la lumière à la petite fenêtre sans volet de son salon. Et pas une lumière forte et fixe. Plutôt la lueur d'une lampe-tempête qu'on aurait baladée dans la pièce.

— Vous avez appelé la police ?

— Pour sûr ! Deux agents (11) sont arrivés dix minutes plus tard. Ils ont sonné à sa porte. Evidemment pas de réponse. Ils sont restés un moment aux abords de la maison, à regarder s'ils voyaient quelque chose de suspect. Et puis comme il n'y avait plus rien, ils sont repartis. Il faut dire que, le temps qu'ils arrivent sur les lieux, la lueur avait disparu !

— Et le 4 mai, est-ce que par hasard vous n'arriviez pas à dormir non plus ? »

Elle n'apprécie pas le ton ironique de ma question

et me le fait sentir :

« Vous appuyez pas comme ça sur la tonnelle, vous allez abîmer mon rosier !!!

— Pardon. Est-ce que vous avez vu quelque chose le 4 ?

— Vers 20h45, un homme avec une casquette, que je ne connaissais pas, a ouvert la porte.

— Et vous n'avez pas appelé la police, cette fois ?

— Pourquoi l'aurais-je fait ? Il avait les clés. Il y a une jeune femme aussi qui vient de temps à autres chez M. Massart, je suppose qu'il a donné ses clés à plusieurs personnes pour s'occuper de son ménage et de ses plantes. Oh ! Et puis tout cela ne me regarde pas ! »

Elle ferme sa fenêtre et je repars en prenant soin de ne rien endommager.

22

Mlle Anaïs Crignon est en congé et c'est donc chez elle que je la trouve. Quand je lui annonce la mort d'Etienne Coussin, elle fronce d'abord les sourcils et semble chercher de qui je parle.

« Ah oui. Oh. Je suis désolée. Je le connaissais peu mais il avait l'air gentil. Je... En quoi puis-je vous aider ? C'était un collègue de bureau, mais il y a beaucoup de travail, on ne se parle pas beaucoup. Ah ! Ça me revient, une anecdote : un jour, il m'a demandé si je voulais déjeuner avec lui. Mais j'ai refusé, je rentre tous les midis nourrir Potichat et Guiness. »

Deux chats viennent alors se frotter à ses jambes. Je comprends que si jamais Etienne avait une maîtresse, ça n'était en tout cas pas Mlle Crignon. J'abrège donc la conversation.

23

L'agent Martin loge en face de la maison de Jacques le Sourd. J'espère que tous les policiers ne sont pas aussi peu consciencieux que lui : je le surprends en pleine sieste.

Embarrassé, il me propose un café et me dit qu'il compte sur moi pour que je n'en parle pas à ses supérieurs. Je pose mes questions :

« Le Sourd, ça n'est pas son vrai nom, je suppose. Pourquoi l'appelle-t-on ainsi ?

— Oh, effectivement. En fait, il s'appelle Sauvin. Le Sourd, c'est un sobriquet qu'on lui donne parce qu'au contraire, il a une très bonne ouïe.

— Il est chez lui, en ce moment ?

— Oui, tenez, regardez dans ce téléscope devant la fenêtre, il est dans son salon. »

Je vois effectivement un homme dans la quarantaine, dans une pièce sobre. Il est en train d'ausculter sa table avec un stéthoscope, ce qui me semble très étrange.

« Est-ce qu'il était chez lui toute la journée du 4 mai ?

— Eh bien... »

Je comprends que l'agent Martin est coutumier des petits sommes et ne pourra pas me l'assurer de façon certaine.

24

À l'entrée du *D'Artagnan*, une femme en train de balayer m'informe que l'établissement est fermé.

« On a eu une bagarre ce matin, je dois tout remettre en état.

— Je souhaitais avoir des renseignements sur un certain Jules Tarin. Je paye, évidemment.

— Jules ? Ah ! Si tous les clients pouvaient être comme lui, j'aurais moins à nettoyer. Au premier coup qui fuse, il s'enfuit à toutes jambes ! Lui au moins il ne casse rien.

— Est-ce qu'il rôde autour de certains clients ?

— Possible. En fait, Jules, c'est surtout un « looser », comme on dit. Il avait une ardoise chez nous, alors un jour mon mari lui a dit qu'il n'aurait plus à boire tant qu'il n'aurait pas réglé la note. Jules a proposé de nous filer une info à propos de la prochaine course de chevaux. Selon lui, Tempête du Désert était dopé et allait forcément finir en tête. On a parié, on a perdu : parce que le propriétaire du cheval a été pris en flagrant délit de triche. Mais mon mari a eu pitié de Jules et a effacé son ardoise : après tout, l'info était correcte. Seulement maintenant, on exige qu'il paye ses consommations. C'est pour ça qu'on ne le voit plus ces derniers temps. »

25

QUESTIONS

1) Qui a tué Etienne Coussin ? (20 points)

2) Comment l'assassin a-t-il tenté d'ouvrir le coffre ? (15 points)

3) Pourquoi Etienne Coussin était-il chez son oncle ? (5 points)

4) Quelle était la combinaison du coffre ? (20 points)

26

SOLUTION

Je retourne la pancarte de la porte de l'*Agence Banette et cie*, pour que personne ne nous dérange, et je m'assois dans le vieux fauteuil en cuir.

« Bien. Commençons par le commencement, déclare Larsen. Le premier fait que j'ai tenté de comprendre, c'est la présence d'Etienne Coussin chez son oncle.

— Fait d'autant plus surprenant que les deux hommes ne s'entendaient pas particulièrement bien, c'est le moins qu'on puisse dire.

— Tout à fait. Mais Coussin ayant perdu son emploi, il s'est retrouvé dans le besoin, d'autant qu'il ne voulait pas que son épouse l'apprenne.

— Et que sa maîtresse lui coûtait cher...

— Il s'est alors rapproché de son oncle qui lui a sans doute promis une belle somme d'argent s'il menait à bien durant son absence la vente d'un diamant volé en Inde lors de ses dernières fouilles. L'oncle fournit la combinaison du coffre où est enfermé le diamant, mais par prudence il fait cela de façon détournée, à l'aide d'une phrase énigmatique : « L'éléphant et le cheval font un tour dans l'arène ». Au fait, bravo pour l'astuce du crayon ! »

Je souris, fier de recevoir un compliment d'un homme aussi remarquable. Larsen poursuit :

« À la taverne qu'il a l'habitude de fréquenter depuis qu'il a été licencié, Etienne parle trop et ce qu'il dit ne tombe pas dans l'oreille d'un sourd : un médiocre voleur nommé Jules Tarin ne perd pas une miette de ce qu'il dit. Le cambriolage ne fait pas partie de ses activités habituelles, mais l'occasion est trop belle : il pense pouvoir deviner la combinaison du coffre et, le 3 mai, il s'introduit chez Massart, en passant par la cuisine.

Tarin observe les tableaux sur le mur du salon, trouve le coffre derrière l'un d'eux, et pense avoir compris la combinaison. Puisqu'il y a trois éléphants sur l'une des toiles, le premier chiffre devrait être trois ; il compte ensuite, sur les autres toiles, les cavaliers de l'Apocalypse, les tours du château, et l'arène de gladiateurs, ce qui lui fournit les trois derniers chiffres. Suivant cette logique, il compose avec ses doigts ensanglantés le code 3421. Et le coffre... »

Larsen ouvre grand les deux bras.

« ... ne s'ouvre pas ! Ah, ah, ah ! Tarin, bredouille, dépité, s'en va donc par où il est venu.

Je me suis demandé si c'était Tarin qui était revenu tenter sa chance le lendemain, le 4 mai. J'en doutais : d'abord parce qu'il ne disposait certainement pas du matériel nécessaire, comme le montre la façon par laquelle il est entré dans la cuisine. Il a cassé un carreau, alors qu'un professionnel aurait découpé la vitre soigneusement.

— Et sans se blesser !

— Oui. Ensuite, Tarin est plutôt du genre à fuir en cas de problème. Ce qu'il aurait sûrement fait en entendant Etienne entrer chez Massart. A l'inverse, il y a un autre suspect dans cette affaire qui, lui, aime frapper : c'est Patrick Chaussoy, un usurier peu commode qui a déjà fait goûter de son poing à Tarin.

— Ces éléments sont logiques mais un peu fragiles, non ?

— Pour un tribunal, sûrement. Cependant, à cela s'ajoute le fait que Tarin a l'habitude de régler ses comptes, non en payant avec de l'argent, mais en fournissant des renseignements. Je devine donc la suite des événements : comme il doit de l'argent à Patrick Chaussoy, il tente d'effacer tout ou partie de sa dette en échange d'un tuyau ; et il lui révèle par conséquent la cachette du coffre-fort chez Massart. Il n'a certes pas la combinaison mais il lui indique le modèle du coffre.

Le 4 mai, Etienne Coussin est prêt à conclure la vente avec Fasson, le diamantaire.

— C'est pour ça, la bourse vide...

— Exactement, mon cher Loris. Il porte sur lui une bourse en cuir dans laquelle il compte placer le diamant qui se trouve dans le coffre. Seulement voilà, chez son oncle, il tombe nez à nez avec Chaussoy qui est sans doute passé par la cuisine comme l'avait fait Tarin avant lui. Chaussoy n'est pas du genre à chercher la combinaison à l'aide d'un stéthoscope comme certains de mes confrères. Il est en train d'essayer, en vain, de percer le coffre qui est en réalité d'un modèle différent de ce à quoi il s'attendait. L'usurier saisit l'occasion : il tabasse Etienne pour lui faire dire la combinaison, et fait si bien qu'il le tue.

— A-t-il pu voler le diamant ?

— La porte du coffre étant toujours fermée, je supposai qu'Etienne était mort sans avoir révélé le code correct, et que le diamant était encore dans le coffre. Je vous laisse imaginer quelle a été ma nuit...

— Vous l'avez volé, évidemment.

— Evidemment ! Je me suis rendu chez Massart en soirée en tant que Jim Banette le détective et, au moment de partir, je n'ai pas éteint la lumière du salon. Ainsi, durant la nuit, la vigilante voisine ne serait pas intriguée par la petite fenêtre éclairée. Vers minuit, j'y suis retourné, mais cette fois en tant que moi-même ! Je suis passé par la cuisine, dont la fenêtre n'a pas été réparée. Et je me suis attaqué au coffre.

— Vous aviez le matériel adéquat pour le percer ?

— J'avais la bonne combinaison !

— Vraiment ?

— Voyez-vous Loris, Massart a été durablement marqué par une partie d'échecs qu'il a jouée dans son club contre un grand champion. Au point qu'il rejoue parfois cette partie dans son salon. J'étais donc certain que sa phrase cryptée se référait à cette partie précise. « L'éléphant et le cheval font un tour dans l'arène »...

— J'ai compris : le cheval fait référence au cavalier et LE tour désigne en fait LA tour.

— Oui, mon ami. Et pour ce qui est de l'arène, c'est un jeu de mots pour la reine, autrement dit la dame. Quant à l'éléphant, il désigne le fou, dont il est l'ancêtre indou. Une référence que seuls deux passionnés d'échecs pouvaient saisir. Il n'y avait plus qu'à relever les numéros des cases sur lesquelles se trouvaient les pièces au moment du mat et les placer dans l'ordre des éléments donnés par la phrase.

Hupin sort alors de sa poche un diamant. Je ne puis réprimer une exclamation de surprise.

« Oh ! Alors le voici !

— Eh bien non, mon cher. Le vrai se trouve dans ma caverne d'Ali Baba, une planque naturelle dont peut-être, un jour, je vous dirai le secret. Celui-ci est un faux, que j'irai placer tout à l'heure dans un tiroir du bureau de Chaussoy. Il faut bien que, lorsque Jim Banette accusera l'usurier, il ait une preuve à fournir à l'inspecteur Bichon... Je suis déjà allé repérer les lieux aujourd'hui, déguisé en fontainier.

— Brillant ! »

Larsen met son haut de forme et son monocle qui font de lui le détective Banette. Et avant de franchir la porte de l'agence, il s'exclame en souriant :

« Je suis bien content de mon butin mais, voyez-vous, il y a tout de même quelque chose qui me frustre dans cette affaire. Comme je ne voulais pas me retrouver accusé du meurtre d'Etienne Coussin, je n'ai pas pu laisser dans le coffre une carte de visite signée Larsen Hupin ! »

27

REPONSES

1) Qui a tué Etienne Coussin ? (20 points)

C'est l'usurier, Patrick Chaussoy.

2) Comment l'assassin a-t-il tenté d'ouvrir le coffre ? (5 points + 10 points)

En le perçant, puis en frappant Etienne Coussin pour qu'il donne la combinaison.

3) Pourquoi Etienne Coussin était-il chez son oncle ? (5 points)

Il venait chercher le diamant qu'il était chargé de revendre.

4) Quelle était la combinaison du coffre ? (20 points)

5 7 3 8

SCORE (à ne pas prendre trop au sérieux !)

- 0 point : Bichon vous paraît un homme brillant...
- entre 5 et 15 : sans doute utile dans la bande de Scooby doo, mais ici...
- entre 20 et 40: important pour l'enquête, capitaine Hastings !
- entre 45 et 55 : vous pouvez travailler à l'agence Banette et cie. Le « et cie », c'est vous.
- 60 points : bravo ! vous êtes un futur Larsen Hupin !

Remerciements

Un grand merci à mes testeurs : Céline et Sandrine Tran, Anaïs Tallon et Annie Person.

Et un gros bisou à Cyellen qui illustre la série et dont les dessins m'émerveillent toujours autant !

Prochain tome : *Larsen Hupin dans les pas de Charles Kolms.*

Printed in Great Britain
by Amazon

28836170R00030